ALA DELTA

A Gael

R. G. R.

Dirección editorial:
Departamento de Literatura GE

Dirección de arte:
Departamento de Diseño GE

1.ª edición, 3.ª impresión: enero 2025

Impresión:
Edelvives Talleres Gráficos. Certificado ISO 9001
Impreso en Zaragoza, España

ISBN: 978-84-140-5412-3
Depósito legal: Z 1909-2023

El 0,7% de la venta de este libro se destina a proyectos de desarrollo de la ONGD SED (www.sed-ongd.org).

El papel utilizado en este libro procede de bosques gestionados de forma sostenible. Edelvives Talleres Gráficos cuenta con la certificación PEFC y FSC®.

Animaleza

Raquel González Rubio

Ilustraciones

Natascha Rosenberg

ALA DELTA

EDELVIVES

Un lugar particular

En un bosque muy frondoso
y bastante silencioso,
lleno de árboles frutales
y animales especiales,
existe un mundo ideal.

Aquí hay setas majaretas
y una viña que da piñas.
Son pequeños los castaños
y enanos los avellanos;
los nogales, espirales,
y los pinos, tropicales.

Si caminas y caminas
y al camino te avecinas,
de inmediato habrás llegado
al destino deseado.

Al final de la vereda,
escondido en la arboleda,
a los pies de una laguna
en forma de media luna,
hay un remoto paraje
donde viven animales
que son muy particulares:

verás dos ocas chifladas
que nadan sincronizadas
y siempre patas arriba
(¡cuidado, que te salpican!);
una gallina que baila
meneando el espolón;
un conejo muy burlón;
siete ranas que cocinan
unos platos que alucinan;
un ratón y una serpiente
tatuados hasta los dientes,
y dos búhos elocuentes.

Hay un gato karateca
y una tortuga muy lenta
que se mueve en bicicleta.
Vive un burro futbolista
y hasta una oveja estilista
que es portada de revista.
¡No te quiero dar más pistas!

Este es un rincón con magia;
si has conseguido llegar,
¡vamos, anímate a entrar!

Bienvenido a Animaleza,
un lugar muy animal
en plena naturaleza.

Patilde y Clotilde

Son dos hermanas muy locas
(hasta aquí, todo normal).
Solo una pequeña cosa…
¡debes saber que son ocas!

Son expertas nadadoras,
han ganado mil medallas
con su bikini de rayas.
Si hay rival, donde lo haya,
siempre tira la toalla.

Con su gorro y con sus gafas,
diversos estilos nadan:
crol, mariposa y espalda.
Pero si alguien les pregunta
qué es lo que más les gusta,
responden muy coordinadas:
—¡Natación sincronizada!

Están todo el día en remojo.
Con el pico bajo el agua,
chapotean con las alas.
Salen medio desplumadas.
¡Qué pareja de chifladas!

Juguetean muy contentas,
son las reinas de la fiesta.

Saltan desde el trampolín
haciendo tirabuzones.
—¡Hay que ver qué maravilla!
—dice el juez desde su silla.

No conozco nadador
que no sea su admirador:
peces, ranas y cangrejos,
siempre se quedan perplejos.

Forman el combo perfecto,
apenas muestran defectos.
Clotilde es la más flexible
y Patilde, con su energía,
borda la coreografía.
Son un par de campeonas;
sus trofeos se amontonan.

Después de la exhibición,
vestidas con su albornoz,
saludan al contrincante
con un graznido elegante.

Lo mejor es su carácter:
cuando tienen un torneo,
se divierten, no combaten.

Más allá del campeonato,
son un ejemplo de ganso
y, en cada competición,
se divierten un montón.
No miran si han ganado,
pues no importa el resultado
sino cuánto han disfrutado.

Si aún no sabes nadar,
¡ellas te van a enseñar!
Empieza con tus manguitos,
¡llegarás a ser un hito!

Con esfuerzo y con tesón,
serás todo un campeón.
—¡No olvides cerrar la boca!
¡Es un consejo de oca!

Bautista, el burro futbolista

Con el rabo entre las piernas,
el flequillo despeinado,
ojos grandes, patas largas,
y aspecto desaliñado,
¿quién diría que este burro
tantos goles ha marcado?

Lleva el diez sobre su espalda
y en sus pies una pelota.
Bautista es una leyenda;
no conoce la derrota.

Juega como delantero
y chuta con tanto esmero
que sorprende hasta al portero.
Cuando hace la bicicleta,
deja al rival majareta.

En el campo es muy humano;
él siempre tiende su mano
si ve que alguien se hace daño.

Es un asno solidario
también en el vestuario.
Antes de cada partido,
habla muy comprometido:
—Escuchad con atención,
hay que aprender la lección.

»No solo yo participo;
es un deporte de equipo
y, si queremos ganar,
la pelota hay que pasar.

»¡Tiki, taka, tiki, taka!
Así es como se ataca.
Y si toca defender,
muy rápido hay que correr.

»Jugando todos unidos,
este encuentro está vencido.
¡Estrechemos nuestras manos!
—les dice muy motivado—.
El partido va a empezar;
vamos, chicos, ¡a jugar!

»Para ser un campeón,
hay que pasar el balón.
Si no eres egoísta,
serás un gran deportista
dentro y fuera de la pista.
Hazle caso al gran Bautista.

La gallina bailarina

De todo el corral, Josefina
es la mejor bailarina.
De procedencia argentina,
¡qué bien baila esta gallina!

Con la cresta repeinada
y la cola alborotada,
camina siempre muy tiesa;
sabe que es una promesa.

Se despierta muy temprano,
nada más cantar el gallo,
y empieza su entrenamiento.
Nadie está aún despierto.

Cuando todos se levantan,
muestra sus dotes de danza.
Con su tutú y zapatillas,
baila a las mil maravillas.

Punta, talón, punta, talón,
de aplausos llena el salón.
¡Cómo menea el espolón!
Gira y gira sin parar,
¡al final se va a marear!
¡Qué manera de bailar!

Danza clásica y moderna,
ambos estilos alterna.
¡Y mueve de cine las piernas!

Es su mejor medicina;
nunca toma una aspirina.
A ella le gusta expresarse
y exteriorizar su arte:
lo encuentra muy relajante.

Si un día estás enfadado
o te encuentras estresado,
respira profundamente
y deja fluir tu mente.

—El arte puede ayudarte:
danza, música o pintura
son siempre la mejor cura.

»Disfruta de la cultura;
seguro que te fascina.
Te lo dice una gallina.

Dúo de búhos

En lo más alto de un pino
torcido, pelado y fino,
dos animales nocturnos
tienen construido su nido.

Don Herminio y don Pascual
son dos búhos sin igual.

Sentados en una rama,
observando el panorama,
comparten una ensalada,
pues, pese a que son rapaces,
de cazar no son capaces.

Mientras juegan a las cartas,
ululan y se hacen trampas.

Entre reproche y reproche,
riñendo pasan las noches.
Nunca se ponen de acuerdo.
¡Y eso que parecen cuerdos!

Aunque sean dos cascarrabias,
son un par de aves muy sabias.
Hablan de filosofía,
cada uno con su opinión.
¡Jamás se dan la razón!

Son esbeltos, muy apuestos,
se ve que tienen buen porte,
pero odian hacer deporte:
se sienten un poco torpes.

Sin embargo, al ajedrez
juegan con gran interés,
y riñen a todas horas.
Si Herminio hace jaque mate,
Pascual dice que es empate.
Nunca acaba la partida.
¡Esto se hace interminable!

Les gusta la matemática
y dominan la gramática.
Son magníficos científicos:
te quedarás sin aliento
viendo sus experimentos.

Te admirarán con locura
si amas la literatura.
Leyendo un poquito a diario,
tú también serás un sabio.

Eugenio, el genio

Con una oreja doblada
y la otra mordisqueada,
¡este conejo es un genio!
Todos lo llaman Eugenio.
¡No hay quien cuestione su ingenio!

Nadie sabe qué edad tiene
y, aunque está bien conservado,
debe ser bastante anciano:
lo muestra su pelo cano.

Con sus dientes alargados
y un pincel en cada mano,
su paleta de colores
y un lienzo de gran tamaño,
pinta curiosos paisajes,
bodegones y retratos.

Con óleo, acuarela y pastel,
colorea a tutiplén.
Siempre con su caballete,
y subido a un taburete,
termina en un periquete.

Chapurreando en francés,
con la boina del revés
y en el brazo una *baguette*,
dice ser de la corriente
de pintores zanahoristas.
¡Qué pedazo de bromista!

Es un tipo muy simpático,
y también algo lunático.

Si le haces un encargo,
raudo empieza la tarea,
pero, en lugar de cabeza,
te dibuja una hortaliza.
¡Y encima le da la risa!
¡Qué conejo surrealista!

Enrollando sus bigotes
alrededor de un pincel,
con un dedo en el cogote,
piensa si lo habrá hecho bien.

Su musa es su zanahoria,
que a Eugenio le sabe a gloria.
La contempla desde lejos
a la hora del almuerzo
y, aunque pueda parecer
que se la quiere comer,
él no tiene la intención;
¡perdería la inspiración!

Si entras en su madriguera,
verás qué gran colección.
¡Es genial la exposición!

Tiene sus obras de arte
colgadas por todas partes.
No he visto lugar más lindo.
¡Qué explosión de color!
¡Vaya cuadros tan preciosos!
¡Serán todos muy valiosos!

Y Eugenio, muy pensativo,
como es sabio y algo viejo,
te quiere dar un consejo:

—Mantén los ojos abiertos
y observa a tu alrededor,
pues la auténtica belleza
está en la naturaleza.

»Ni el mejor de los museos
ofrece tantos secretos.
Algo así no tiene precio;
disfrútala con respeto.

La serpiente diferente

Enrollada como un muelle,
fina, verde y pegajosa,
camuflada entre las ramas,
se desliza sigilosa.

Alargada y escamosa,
muchos creen que es venenosa,
pero cuando la conozcas
verás que no es peligrosa.

Parece un reptil corriente,
pero Lola es diferente.
¿Cómo puede una serpiente
ser amiga de un ratón
sin conseguir que se ahuyente?

Antón es su camarada
(un roedor excelente);
a él jamás le hincaría el diente.

—Tranquilo, que no te como,
aunque tienes un buen lomo
—bromea mientras saliva
con su lengua viperina.

Juntos lo pasan de miedo.
Tienen un grupo de *rock*.
Lola es quien pone la voz,
y Antón es percusionista.
¡Vaya pedazo de artistas!

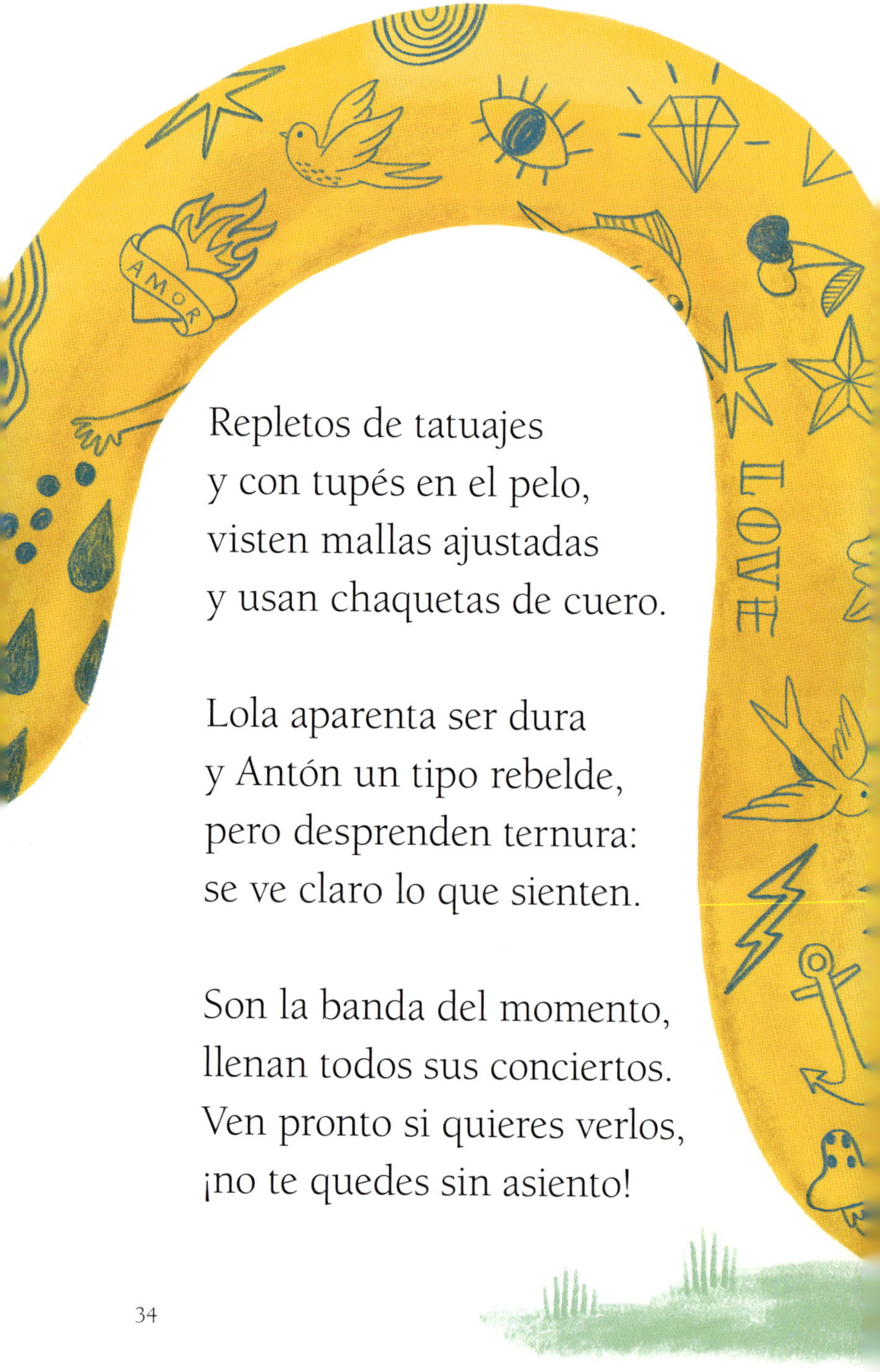

Repletos de tatuajes
y con tupés en el pelo,
visten mallas ajustadas
y usan chaquetas de cuero.

Lola aparenta ser dura
y Antón un tipo rebelde,
pero desprenden ternura:
se ve claro lo que sienten.

Son la banda del momento,
llenan todos sus conciertos.
Ven pronto si quieres verlos,
¡no te quedes sin asiento!

Venden discos a montones.
¡Qué éxito, sus canciones!
Las letras son el reflejo
de su cariño y afecto.

—Un amigo es un regalo.
¡Será siempre tu aliado!
—canta Lola con descaro.

—¡No vayas a degustarlo!
—añade Antón, guaseando.

—¡No te olvides de cuidarlo!
—gritan a los cuatro vientos,
hasta perder el aliento.

Las ranas vegetarianas

Aquí viven siete ranas,
todas ellas de habla hispana.
Pero si eres forastero
y no hablas bien castellano,
te harán sentir un paisano,
pues croan perfectamente
el inglés y el italiano.

No se comen ni un insecto;
no hacen el mínimo intento.
Pensarás que son extrañas,
¡pero son vegetarianas!

Son, de veras, muy amables
y aman a los animales.

Gestionan un restaurante;
¡ven, si quieres deleitarte!
Mezclan muchos ingredientes,
todos frescos y crujientes.
Con la búrguer de garbanzos,
y el filete de lentejas,
¡te pondrás hasta las cejas!

Su ensalada salteada
con tomate y aguacate
te dará tanta energía
que te zamparás el día.
Y como broche final,
debes probar el sorbete,
pero has de ser paciente
o se te helarán los dientes.

Todas forman un equipo
que te quitará el hipo.

Tres estrellas Michelín
ha ganado Benjamín,
gerente del restaurante.

Es una rana brillante
y un chef galardonado,
miles de veces premiado.

Si se pone el delantal,
nadie lo puede parar.
Nunca he visto a un cocinero
cocinar con tanto esmero.
Y si sigues sus consejos,
seguro llegarás lejos.

—La salud es importante:
muy bien has de alimentarte.
Cuida tu cuerpo y tu mente
y te sentirás más fuerte
—Benjamín dice a la gente.

La oveja y su madeja

De entre todos los rumiantes,
ella es la más elegante.
¡Qué estilo tiene esta oveja
desfilando en pasarela!
No es ni churra ni merina;
simplemente, Valentina.

Suave como el algodón,
este ovino tiene un don.
Con agujas y dedal,
cose y cose sin parar.

Gorros, guantes y bufandas,
jerséis, camisas o faldas.
Mezcla todos los colores,
círculos, rayas y flores.

Entre balido y balido,
teje bonitos vestidos:
punto, ganchillo y crochet.
¡Tiene loca a la *jet set*!

Sus diseños son tendencia
de París hasta Venecia.
Viste a modelos y artistas;
sale en todas las revistas.

Si te quedas observando,
quizá veas algo raro…
Y es que, según va tejiendo,
¡va desapareciendo!

¿Sabes tú qué es lo que ocurre?
¡Ella misma es su madeja!
Poco a poco se deshace.
¡No queda nada de oveja!

Cuando se acaba la lana,
se queda bien esquilada;
aunque a ella no le importa
porque ya está acostumbrada.

Y si se mira al espejo,
solo se le ve el pellejo.
Pero nada la acompleja:
«¡Esto son cosas de oveja!»,
se repite en su cabeza.

Se pone sus complementos,
se suelta el flequillo al viento
y se enfunda sus tacones;
moderna en todo momento.

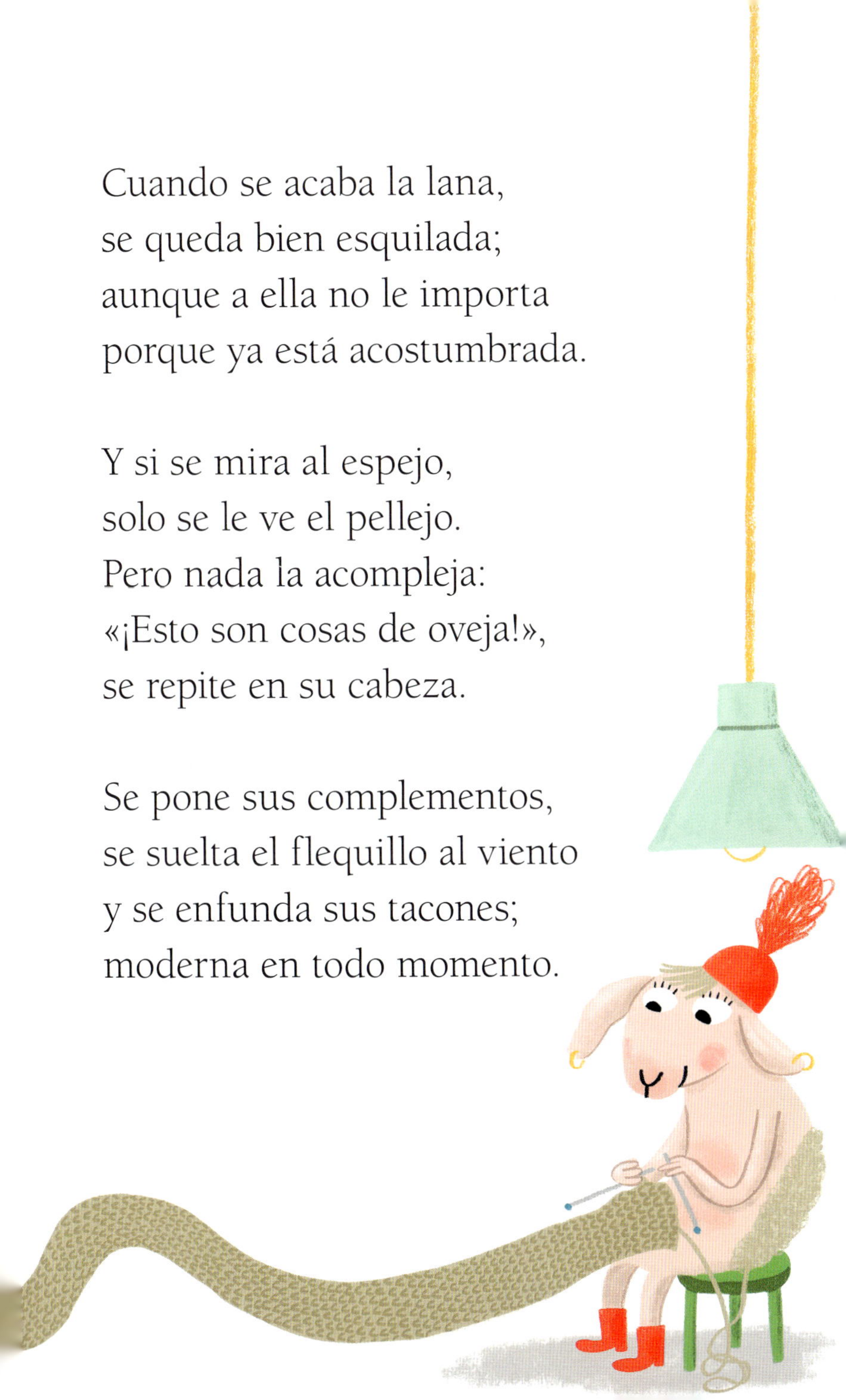

La llaman la oveja negra
porque tiene sus ideas.
No sigue nunca al rebaño:
si van para la derecha,
ella, para el otro lado;
si se mueven a la izquierda,
ella cambia sin dudarlo.

Y te lo dice bien claro:
—Si te sientes diferente,
no vayas a preocuparte
de lo que hable la gente.

»No imites a los demás
por temor al qué dirán,
no dejes que te hagan daño
ni una oveja ni el rebaño.

Arigato, el gato karateca

Con el rabo electrizado
y el trasero algo pelado,
es un gato singular.
¡Hace piruetas mortales
practicando artes marciales!

Vestido con un kimono
y una banda en la cabeza,
se mueve con gran destreza.
¡Es sin duda un karateca!

Arigato es muy arriesgado,
pues seis vidas ya ha gastado,
pero le trae sin cuidado:
no vive atormentado.

Es un felino guardián:
si escucha cualquier sonido,
pega un brinco desmedido
y, sin soltar el aliento,
lanza una patada al viento.

Aunque no es nada violento,
¡mantén los ojos abiertos!

Con disciplina, esfuerzo
y una raspa de amuleto,
mantiene el hogar seguro
cuando ahí fuera está oscuro.

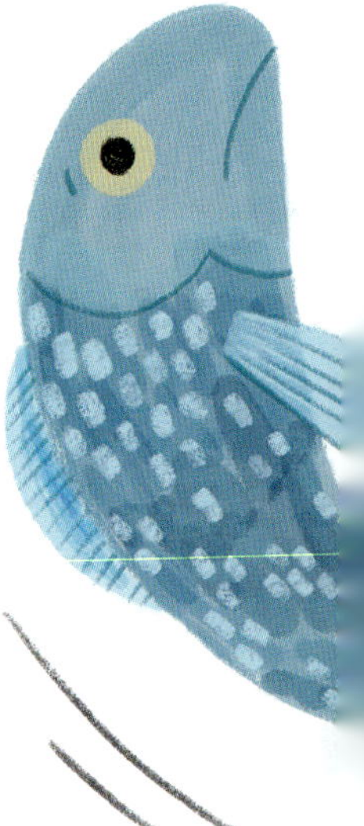

Su enemigo más odiado
es un chihuahua esmirriado.
No pesa ni medio kilo,
pero cuando saca dientes,
no hay nadie que se le acerque.

Si Arigato lo divisa,
todo el pelo se le eriza,
le sudan manos y pies
¡y maúlla en japonés!
Cuando el can no se da cuenta,
¡plof!, le salta en la cabeza.

Este perro diminuto
es sin duda muy astuto
y sabe, por experiencia,
que con una buena trucha
tiene ganada la lucha.

La flaqueza de Arigato
es degustar un pescado;
solo con olfatearlo
se quedará hipnotizado.

Es así como el chihuahua
consigue salir ileso
y, aprovechando el descuido,
cumple el ansiado objetivo
de desenterrar su hueso.

A veces, para triunfar,
nos hace falta humildad,
y debemos recordar
que evitar una pelea
importa más que ganar.

Federica, la tortuga que no se complica

Con las patas más bien cortas
y la boca desdentada,
se muestra siempre segura.
Es resuelta esta tortuga.

Tiene ochenta y pico años
y ha vivido muchos cambios,
aunque mantiene sus hábitos.

Lleva su casa a cuestas,
por eso nunca madruga.
Y si llamas a la puerta
raramente se despierta.

Para intentar llegar antes
a cualquier cita importante,
se monta en su bicicleta,
luciendo cuerpo de atleta,
y se dirige a la meta.

Con su maillot amarillo
y su casco de ciclista
es la reina de la pista.
Agarrada al manillar,
pedalea a toda prisa.
¡Apártate, que te pilla!

Si el camino es cuesta abajo,
¡hay porrazo asegurado!

Cuando por fin toca tierra
y recupera el aliento
—con el susto aún en el cuerpo—,
promete que nunca más
irá a esa velocidad.

En su cara descompuesta
y los ojos dando vueltas,
ves que lo pasa fatal
si le toca acelerar.

Ella prefiere su ritmo:
pausado pero continuo.
Desde su caparazón,
ve la vida de color.

Hace cosas muy normales;
lo típico de una tortuga:
comer pizza de lechuga,
disfrutar de la lectura,
pasear a pleno sol,
charlar con un caracol…
Cosas que hechas lentamente
tienen sabor diferente.

La felicidad es eso.
¿Quién lo iba a imaginar?
Quizá deberías probar.
¡Verás cuántas emociones!
Baja tus revoluciones,
¡y no solo en vacaciones!

—En este mundo de locos,
es mejor parar un poco.
¡Meteos esto en el coco!
—cuenta Federica a todos.

Animales especiales

Aquí acaba la visita
a este mundo formidable
en el que los animales
comparten sus ideales
y se esfuerzan cada día
por vivir en armonía.

Aunque lo damos por hecho,
puede no ser nada fácil
vivir bajo el mismo cielo.

Imagina una gallina
con los rulos en la cresta
bailando y haciendo fiesta
mientras tú duermes la siesta…

O un gato karateca
vestido con un kimono
que te salta en la cabeza
cuando menos te lo esperas.

Piensa en una gran serpiente
con un hambre desmedida
que tiene un ratón enfrente
y no llega la comida…

¡Qué importante es ser paciente
y demostrar empatía!

En este reino animal,
alocado sin igual,
la mayor de las riquezas
se encuentra en las diferencias.

Imagina ser todos iguales.
¡Vaya rollo! ¡Qué pereza!
Si te aburres y bostezas,
tu sitio es Animaleza.

Regresa siempre que quieras.

Índice

Raquel González Rubio

La Roda (Albacete), 1980

Profesora por convicción, su pasión por viajar y descubrir nuevas culturas la ha llevado a vivir en diferentes países. Después de pasar por Madrid y Hamburgo, actualmente reside en la ciudad de Turín, en Italia, donde además de comer pizza, imparte clases de economía, matemáticas y español en una escuela internacional. Estar rodeada de niños y jóvenes procedentes de todos los rincones del mundo enriquece su creatividad y le ha servido de impulso para crear personajes e historias que añadan un toque de humor a la vida.

Natascha Rosenberg

Múnich (Alemania), 1968

Nació en Alemania, aunque se crio en España. Es una afortunada mestiza que puede vivir y aprender dos culturas diferentes. Tras licenciarse en Derecho en la Universidad Complutense de Madrid, empezó a hacer lo que más le gustaba: trabajar como ilustradora independiente. Desde entonces ha ido probando cosas diferentes con clientes de todo el mundo. Su trabajo puede encontrarse, sobre todo, en libros infantiles, pero también en revistas, exposiciones y juguetes.